阿兰

张程昊 著
A LAN

四川大学出版社

责任编辑：梁　平
责任校对：杜　彬
封面设计：现当代文化
责任印制：王　炜

图书在版编目(CIP)数据

阿兰 / 张程昊著. —成都：四川大学出版社，2018.6
ISBN 978－7－5690－2003－8

Ⅰ.①阿…　Ⅱ.①张…　Ⅲ.①诗集－中国－当代　Ⅳ.①I227

中国版本图书馆 CIP 数据核字（2018）第 144555 号

书　名	阿　兰 A LAN
著　者	张程昊
出　版	四川大学出版社
地　址	成都市一环路南一段 24 号（610065）
发　行	四川大学出版社
书　号	ISBN 978－7－5690－2003－8
印　刷	成都市天金浩印务有限公司
成品尺寸	145 mm×210 mm
印　张	10.5
字　数	282 千字
版　次	2018 年 9 月第 1 版
印　次	2018 年 9 月第 1 次印刷
定　价	45.00 元

◆读者邮购本书，请与本社发行科联系。
　电话：(028)85408408/(028)85401670/
　(028)85408023　邮政编码：610065
◆本社图书如有印装质量问题，请
　寄回出版社调换。
◆网址：http://www.scupress.net

版权所有◆侵权必究

目录 CONTENTS

第一章 阿兰 …………………………………………… (1)

第二章 痴迷 …………………………………………… (47)

第三章 星空 …………………………………………… (131)

第四章 狂恋 …………………………………………… (149)

第五章 城市 …………………………………………… (211)

第六章 彼岸 …………………………………………… (253)

第七章 往生 …………………………………………… (299)

第八章 眼泪 …………………………………………… (329)

后　记 ………………………………………………… (331)

▶ 第一章　阿兰 ◀

我愿意一辈子活在你的阴影

阿兰(一)

阿兰
我们还有多少过去可以遗忘
我们还有多少明天可以前往
阿兰
你的双眼里布满了沧桑
如果可以把过去遗忘
我们还有多少美好可以向往

阿兰（二）

路过人生的苍渺
我们看到明年的春色
你的身体是否还完好
我的心凛冽的是寒风的呼啸
想起他
你的愁紧上眉梢
陌生的身体
我们微笑着拥抱
心却早已为一个人死掉

◎第一章 阿兰

阿兰(三)

阿兰
你一夜一夜地失眠
只为听到他的消息时
黑夜里闪着光的双眼
阿兰
待到你二十五岁出嫁
待到你长发及肩
我能否再为你点燃这漫天的火焰

阿兰（四）

阿兰
爱情是盛开在彼岸的花朵
遥远得无法到达
阿兰
如果还是放不下
让我来告诉他
拨开你的发
让他看看香烟烫在你脸上的疤

◎第一章 阿兰

阿兰(五)

拉下窗帘
遮挡住阳光
遮挡住飘着雨的长街上
街灯的昏黄
你说你喜欢拥抱着陌生的身体迎着黑暗飞翔
你说你每天都在糟蹋着自己的身体
却还是不能把他遗忘

阿兰（六）

深秋斜照的夕阳
温柔地照进胸腔
斜靠着洁净的玻璃窗
关于你的回忆里
每一个下午都有温煦的阳光

◎第一章　阿兰

阿兰(七)

雪地里鞭炮燃放后的纸屑
撕裂的心流淌的鲜血
你点燃一根烟
看着花火在黑暗中一点一点走向幻灭
你说你还是忘不了关于他的一切

阿兰（八）

阿兰
点燃第十五根烟的时候
你的眼神开始燃烧
就像遇到他的第一百六十五个夜晚
你的身体开始为他燃烧

阿兰(九)

阿兰
我该怎样告诉她关于你的一切
心中的希望灯火般明灭
浮生寂灭
我多害怕这又是一场告别
失眠的夜里安静地把自己撕裂

阿兰（十）

阿兰
我知道他住在了你的心里面
你的笑总是那么浅
没有他的时候你总是站得离人群那么远
对这个世界和那些热烈的感情
静静地旁观

◎第一章　阿兰

阿兰(十一)

阿兰
回忆里是无边无际的一片银白
天地之间素裹着寂静的白雪皑皑

阿兰（十二）

阿兰
你抿起嘴角笑起来的时候还是那么好看
阿兰
你的笑容还是那么明亮清浅
你的诗句还是那么温暖柔软
阿兰
关于你的一切已经全部改变
阿兰
关于你的一切已经为他改变

◎第一章 阿兰

阿兰(十三)

阿兰
家乡下过雨的天还是那么蓝
我一个人坐在你坐过的那堵围墙上面
仰起脸孤独地看着天

阿兰(十四)

阿兰
我醉倒在你映在湖面的倒影里
就像你醉倒在他忧郁的眼神里
抓一颗小石子
投进湖心
荡起一圈圈的涟漪
忧伤而欢畅
欢乐的石子看着被逗笑的你
沉入湖底
不再浮起

◎第一章 阿兰

阿兰（十五）

阿兰
不会再打扰你
如果想他的时候不再感觉到孤单
如果想他的时候不再需要我的陪伴
如果想他的时候不再需要我安静地坐在你身边

阿兰（十六）

姐姐
如果你要点一支烟
我来帮你点燃
如果你想哭
借给你我的肩
姐姐
让我们一起把关于他的往事点燃

◎第一章 阿兰

阿兰（十七）

阿兰
我现在的生活像一只颠簸的船
我现在的生活像一张残破的帆
阿兰
现在的我是暴雨袭击后的花园
现在的我是雨后被游人踩在青石板路上的花瓣
美丽的花园残破不堪
狼藉一片
阿兰
我已经没有力气和任何一个花一样美好的女孩子面对面
阿兰
整夜整夜失眠的夜晚
思绪像突然生出白发的头发一样乱
水塘边以泪洗面
不敢抬头看那张失去了表情的脸

阿兰（十八）

天上的半轮弦月
今晚格外地残缺
声音开到最大的耳机里都是凄冷的音乐
今晚让我尽情领略

◎第一章 阿兰

阿兰(十九)

阿兰
婚礼上那个男人温柔地握着你的手
但是他不能完整地把你拥有
阿兰
我知道你没有忘了他
我知道你没有把他放下

阿兰（二十）

手指尖流过的风
镜花水月的梦
一切都是虚空
阿兰
忘记他
他不爱你

◎第一章 阿兰

阿兰(二十一)

站在记忆的离岸
凝望往事的遥远
阿兰
翻过前面那座山
忘了拥抱他的那些夜晚

阿兰（二十二）

少年的你是清澈的山泉

是溪流淌过的湖面

那些关于他的往事是你点燃的烟

是杨过的无锋宝剑

生硬钝重地把你改变

幽闭的房间

回环的庭院

院子里深绿的苔藓

那些化不开的情绪和化不开的绿色秽物积聚在湖面

化不开的往事积聚在深潭

那一汪幽暗的深绿色湖水

深陷在你的双眼

往事如烟

冰冷的内心里再也没有波澜

◎第一章 阿兰

阿兰(二十三)

繁星洒满天幕
锦缎般华美繁复
一个人在深夜走着
焦虑的脚步
寻找着那个入口
走进那个梦境的深处
走进你眼神的深处

阿兰（二十四）

夜色阑珊
打开窗
一个人面对着整片静默无声的黑暗
阿兰
你是否和我一样
对明天的爱情翘首以盼

◎第一章 阿兰

阿兰(二十五)

狂风肆虐
涟涟淌下的眼泪
融化了你头发上残落的雪

阿兰（二十六）

暴雨初晴
青山云影
飘忽不定
平湖如镜
雕栏画屏
山峰无棱
流水无情
来去无凭
消失无踪影

◎第一章 阿兰

阿兰(二十七)

姐姐
我看到了那个藏在你眼底的人
透过你闪躲的眼神
姐姐
忘了那个不爱你的人
在下一个炊烟飘上淡青色天空的黄昏
或者在下一个阴冷的屋檐滴着雨的清晨

阿兰（二十八）

荒谬的世界
荒谬的一切
阿兰
为了他你走得那么决绝
我该怎样把我的生命了结

◎第一章 阿兰

阿兰(二十九)

干净的容貌
温暖的怀抱
岁月静好

阿兰（三十）

夕阳点燃我的哀愁
我是一只濒临死亡的鱼绝望地游
幸福的时光是打开的沙漏
一点点地溜走
阿兰
鱼是这个世界上最疼痛的动物
因为
世界再残酷
它也要睁着眼睛

◎第一章　阿兰

阿兰(三十一)

惨烈的太阳下
我是梵高笔下绝望的向日葵
梦中空寂幽长的长廊里你的身影来来回回
那些你为他折磨自己的梦魇
是黑夜里的魔鬼
阿兰
你把身体和命运交给那个人后的每一个夜晚
我再也无法入睡

阿兰（三十二）

潮湿的梦
潮湿的身体
就像你没有擦干的头发
阿兰
那些写给你的话
那些年你是那么爱着他

◎第一章 阿兰

阿兰(三十三)

阿兰
你的每一句话都是关于他
阿兰
你的每一个眼神里都有他
阿兰
你所有的一切都是为了他
阿兰
你这样折磨着自己都是为了他

阿兰（三十四）

阿兰
你说你放下了对他的情
可是为什么
每当提起他的时候泪水会淹没你漂亮的眼睛
阿兰
我已变得和你一样安静
在每一个失眠的夜晚
静静地等待天明

阿兰(三十五)

呼啸而过的青春
沉默不语的人
忧郁的眼神
紧闭的双唇
阿兰
我想忘记这荒谬的世界
忘记那些忘不掉的人

阿兰（三十六）

阿兰
让我们现在出发
虽然这一次的路途
永远无法抵挡
虽然这一次的路途
是永远到不了的彼岸
是永远走不到的远

◎第一章 阿兰

阿兰（三十七）

阿兰
生命是一场暗无天日的暗恋
不管我为你改变什么
你都故意视而不见
我只能选择将自己的身体蜷缩
小心地躲在角落

阿兰（三十八）

阿兰
如果我拥有喜欢你的权利
如果我能靠近你的全部
如果内心对你有歉疚
为什么却难以说出口
叟忽间
两个人就走散
你永远不知道
对你说出那句话有多难

◎第一章 阿兰

阿兰(三十九)

阿兰
还要跨过多少千山万水
还要跨过多少梦中的荒原
才能到达你的彼岸
在你的身体为他盛开的那个夜晚
我的灵魂开始腐烂

阿兰(四十)

阿兰
如何在每一个灯火昏暗的晚上
亮起光芒
如何在每一个想你的夜晚
把你遗忘
如何以向日葵的姿态面向太阳
如何在明媚的阳光下
拥抱死亡

◎第一章 阿兰

阿兰(四十一)

为什么有爱
为什么有恨
为什么一往情深
为什么要在心里留下伤痕
为什么在我爱着你的时候
你总是爱着别人

阿兰(四十二)

天空中升起七彩的烟
你又出现在我眼前
你也快三十岁了吧
模糊中我看不清你的脸
看不清有没有皱纹爬上你的眼
你找到你爱的人了吧
如果没有
我愿一生守护在你的身旁
陪伴你每一个脆弱的晚上

阿兰(四十三)

如果还有远方
明天的你是否还是今天的模样
夏夜初凉
独伴纱窗
眼神里有眼泪的星光
闪动着他留下的惆怅

阿兰（四十四）

如果还有明天
你是否还是那个忧伤的少年
夏夜的流星
划过你的脸
往事过去多少年
最最牵挂的还是你的容颜
还要等多久
才能等到你

◎第一章　阿兰

阿兰(四十五)

阿兰
我了解你在感情上的千山万水
我愿意微笑着等你在忘了他的阳光明媚

▶ 第二章　痴迷 ◀

此生遇见你
余生都是你

阿兰

一

遇见了你
我的眼睛里淤积了蓝色的沉淀
所有望向窗外的静默画面
是我化不开的深陷

写给你的诗句
是我一生化不开的忧郁
写给你的诗句
写的都是无言的结局

二

摊开梵高的画布

涂抹我的孤独

浓烈的颜色

我看到的是内心的惊惧

是不能靠近你的痛楚

烧灼内心的炽烈火焰

我愿化作暗色夜幕下

那棵看不清影子的黑色的树

◎第二章 痴迷

三

每一对为你张开的双手
每一条为你路过的河流
那么多的人对你爱慕
你的温柔
你的娇羞
只为他等候
我的眼睛里满是渴求

四

每一条为你路过的河流
每一颗为你亮起的星斗
人生兜兜转转
走不出你的眼眸

心不再漂流
不再为谁等候
夜空告诉我
当繁星点亮整个世界的时候
我就可以把你拥有

◎第二章 痴迷

五

我路过了大理的云海和北极的雪地
却还是找不到你的足迹
一生的流浪
却还是不能走进你的心里
为什么要和你相遇
为什么要和你别离
为什么那一次和我说话时你的眼睛那么温柔
为什么相遇后又要各自离开
我一个人在小旅馆的枕边做了一个关于你的梦
从此
开始了我一生的放逐

六

他们对你说他的性格很温和
你的嘴角浮起骄傲的神色
你的温柔
你的美丽
你脸颊上樱桃般的红晕
在每一个夜晚
牵动我的魂魄
你不知道
你对他每一个温柔的眼神
对我是多大的伤害
你不知道
我愿意把所有的温柔给你
我愿意把毕生所有的深情给你
我愿意把未来所有的遥远给你
我愿意把所有走过的路途给你

◎第二章 痴迷

七

和你相遇的那一天起
注定了一生的别离
一场大雪
心里了无痕迹

八

当四月的风吹起
你温柔的手再次浮现
再次浮现在视线里
可是
一切只能是梦境
一切只能在梦里实现
只能在梦里和你相恋
只能在梦里和你拥抱在一起
你是我今生走不出的痴迷
你是我今生沉在心底的回忆
当你微笑的时候
你是否会知道
有个人在偷偷地喜欢着你

◎第二章 痴迷

阿兰

九

穿过城市的风景
穿过树荫的斑驳
却始终不敢靠近你
不敢打扰你
不敢和你说一句话
就让我把所有
继续藏在心里
永远不会让你知道
永远不会对你提起
永远是个秘密

十

你的游移
那么熟悉
我拼尽全力
却抓不住你的痕迹
我的执迷
你的不羁
你的飘散野性气味的长发
是我一生永远无法的到达
每一次快要靠近你
你却消失得无声无息
如果这是对你的痴迷
让我耗尽全力

◎第二章 痴迷

十一

琴声的窸窣
我穿行在梦中的丛林
你给的幻境走不出
如果找不到出口
让我在这里跳一支舞
关于你的梦境太迷幻
看不清楚
一直飘着彩色的雾

十二

你的清秀
隐藏不住你的美
隐藏不住你山泉般的清幽
你不经意的笑
点亮了整个世界

你的笑
总是让我的心在不经意间荡漾
在梦里遗失了桨
迷失了划向你的方向

◎第二章 痴迷

十三

你为他绽放所有的美丽
留我一个人孤单地守在原地
也许某天你也会回忆
也许某天你会想起
想起我对你的痴迷
也许某天你会知道我对你的好
也许某天你会让我有一点解脱
也许某天你会分享一点对他的好
我会一直在这里等着你

十四

你对他所有的痴妄
你所有伤害我的时光
我最终还是选择原谅
我一生冷酷
最后在你这里无法选择坚强
所有对你可以奢望的幻想
是我一生最美的时光
所有痴心的念想
不过是一个人的旅途

◎第二章 痴迷

十五

抬头仰望星空
你能看到什么
我问你的时候
你总是安静地什么也不说

十六

你看到的都是他的好
是他眼睛里的深邃
是你想他的时候
心的跳动

◎第二章 痴迷

十七

我不知道生命尽头什么时候到来
我不知道黑夜什么时候会把我吞噬
我不知道我什么时候会燃尽身体
我不知道什么时候会死去
我孤独地凝望着你
像一支将要燃尽自己的蜡烛

十八

午夜里一个人的飞行
总是让人心碎
让人心醉

◎第二章 痴迷

十九

人生苍茫
眺望远方
仿佛看透了世间的苍渺
和红尘的领悟

二十

你的美照耀下的
是我永远的自卑
我的窗台上
生长着一支绝望的鸢尾
你蓝色的眼睛里
是燃烧着的疼
你爱着他
我爱着你

◎第二章 痴迷

二十一

你的生命背负了那么多的承诺
你总是笑着不说
如果一个人失眠的夜里
你感觉到有人牵挂着你
那一定是我
那么多的人爱过你
你怎么会被冷落
没有人能看懂你的冷漠
我知道你也曾对一个人如此执着

二十二

喜欢你清秀的手
喜欢你透明色的指甲油
喜欢你等他时默默的等候
喜欢你对他如水的温柔
一切的执拗
都是喜欢你的理由

◎第二章 痴迷

二十三

喜欢一个人的时间有多少
也许一生都不会让她知道
年华太好
遗忘太早
就让我静静地看着你芳华的容貌

二十四

你浅笑时红晕的脸颊
宛若四月桃花盛开的芳菲
你浅笑时紧抿的嘴
是整个世界被凝固的美
如果我还会为谁流下眼泪
那是因为喜欢你深入骨髓
不牵绊是我最后的付出
爱过你
今生无悔

◎第二章 痴迷

二十五

我想我该小心地隐藏
不让你看到我眼睛里的失望
我想你想要看到我对你们祝福的目光
保持朋友的默契
不该跨越朋友的距离
不再有奢望
是我多想

二十六

野火燃尽处
是我的孤独
就算所有人
不懂我的深情
只要能看到你
我愿意一辈子守着我的孤苦

◎第二章 痴迷

二十七

你安静美好
宛若水中洁白的莲花
你那么神圣干净
我不敢触碰
生怕弄脏了你一点的洁净
我不敢打扰
生怕打扰了你和他生活的美好
我不敢靠近
生怕在你的心里荡起一点点的涟漪

二十八

你的美丽
崇高得无可企及
我带着惶恐的心
像一个圣徒一样
远远站立
双膝及地
今生所有的美丽
只因为你
今生所有的美丽
只因为看过你
今生
为你而来

◎第二章 痴迷

二十九

什么时候离开
什么时候醒来
想着你的美
一个人孤独地等待
永远只为你绽放着神采
永远只为你而来

三十

如果我有一天死去
那些喜欢你的青春
终将会想起
说出那句喜欢你的话
终究是来不及
如果你的脸颊上泛起红晕
那是一个人喜欢你的秘密

◎第二章 痴迷

三十一

每当你出现
心总是蠢蠢欲动
我知道
人生不过是一场触不到的幻空
一场不能醒的梦
遇见了你
摊开手心
永远是一个无法望穿的洞

三十二

我走过了万水千山
却还是无法忘记你的脸
万水千山走遍
只为再看你一眼
终有一天我成了一名虔诚的圣徒
而你
是我一生的仰慕

◎第二章 痴迷

三十三

所有的付出
不过是又一场梦碎
随你一起老去的
是少年的憔悴
你的高山下仰慕的
是我的自卑
太长的道路
我心力交瘁

三十四

一个人所有的孤寂
只为遇见你时的欢喜
从此我被钉在了你的影子里
眼睛再也无法从你身上游移

◎第二章 痴迷

三十五

旧时光洒落
夕阳斜照的墙壁
投射苍老的身影
旧故事早已无人诉说
我写了很多故事给你
你却从没有把我放进心里
我的每一个故事里都有你
每一个故事里
我始终无法走进你心底

三十六

把命运交给悲喜
把自己交给你
把身体交给你
把所有的秘密交给你
把渡过的苦海交给你
把流过的眼泪交给你
把思念交给你
把心交给你

◎第二章 痴迷

三十七

我走过了那么多的路
心却还是孤苦
我看过了璀璨的星河
看过了繁星的寥落
看过了旋转木马下灯光的闪落
看过了炊烟袅袅的灯火
心却还是寂寞

三十八

旋转木马
是世界上最残酷的游戏
近在咫尺地看着你
却永远无法靠近
我和你的距离
是相隔的天际线
是那些午夜里的飞行
永远无法抵达

◎第二章 痴迷

三十九

跨越所有的藩篱和荆棘
直到所有的花朵都凋散
把我所有的脉搏都割伤
才有靠近你的勇气
我又等了一个轮回的四季
却还是等不到你

四十

这一次的生命
注定是你向左行
我向右行
这一次的生命
也许注定没有爱情
就让我再对你痴迷一个晚上
在下一个清晨
我会选择清醒

◎第二章 痴迷

四十一

一生只有一次
那是曾经赋予你的深情
从此
我的人生开始漂泊不定

四十二

你是我梦中花丛里蹦跳的精灵
你总是飘忽不定
让我抓不住你的身影
我多想靠近你
给你一生只有一次的深情

◎第二章 痴迷

四十三

路过树林的萧瑟
到达春天的柔软
你为我描绘的灿烂春色
不过是爬满虱子的残破
你说我还会遇到一个喜欢的人
可是你的心里还有对他辜负的恨
没有你
即使给我个灿烂明天
又有什么意义
也许有天我会忘记你
也许我永远不会忘记你

四十四

缥缈的人生里
我们飘若浮萍
如果可以相互拥抱
相互温暖
脆弱的心
是否可以互相安定
你会是那个人吗
是否来了就不再离开
或是带着我的心离开
再也不回来
带给我最彻底的伤害

◎第二章 痴迷

四十五

对你最深情的诉说
是在你身边安静地沉默
不打扰你的幸福
不让你知道我曾经来过
看着你每一天生活得安心
我的心也会感觉到安沉
在你还不知道我的时候
我会悄悄地离开
带着一生的折磨

四十六

只看过你一眼
却要用一生的时间去忘记
每一个你不知道的夜里
一个人折磨着自己

◎第二章 痴迷

四十七

我知道
你并不爱我
即使那些你陪伴我的时光
夕阳把两个人的身影拉得很长很长

四十八

如果有回忆
你会选择忘记
还是铭记
那些苦苦思念他的回忆
为什么还要装进心里

◎第二章 痴迷

四十九

看过了你的美
就是到过了所有的城市
走过了所有的路
暗恋是苦
可是你永远不懂
想着你的幸福

五十

走过了那么远的路
终于在快要靠近你的地方停步
你对他的深陷
我和你之间
永远隔着无法到达的远
越放逐越痛苦
越放逐越孤独

◎第二章 痴迷

五十一

告诉我你梦里还有多少路没有走过
梦里想起我会不会难过
如果走了很远的路走不到远方
如果爱付出了没有结果
你的心会不会苦涩
告诉我经历了那么多
你对他是否还爱着
告诉我寂寞的夜里会想起他还是想起我
告诉我想起他的时候
你会不会忍不住哭了

五十二

没有人看懂我的眼睛
就像没有人懂我的深情
每一次当我想去爱别人的时候
心里都是你的身影

◎第二章 痴迷

五十三

他留给你的伤

是你身体里化不开的淤肿

想起他就会疼

你冷漠的眼神

我看到了你心里的伤痕

如果你允许我给你拥抱

给你抚慰

温暖你的体温

天边暗蓝色忧郁的云

带走你的恨

摊开手心

手心的空洞里风呼啸而过

无法填补你的寂寞

生命如此艰辛

今夜忘了忘不了的人

点亮暗淡的夜色
点燃你的寂寞
今夜
让我抱紧你

◎第二章 痴迷

五十四

有一天你选择了悄悄地离去
安静地不带一句话语
我开始了一生的放逐
我走过了很多的路
还是无法把你从记忆里抹除
如果某天记忆变得迷糊
一定是我老得不能把你记住

五十五

给我这个夜晚
不管有没有明天
晚安
少年

◎第二章 痴迷

五十六

秋天来了
树叶黄了
当你老了
不再爱了

五十七

当你某天回想起往事
你会知道
那些我一个人的故事

◎第二章 痴迷

五十八

终于有一天
我们都要和过去告别
如果不能和心爱的人相守
遗忘才是最好的完美
他给你的心碎
一个人托腮遐想时的心醉
受伤时你依偎在我的肩膀
你说你也要学着遗忘

五十九

我知道你注定无法忘记
也无法挽留
风中的等候
停在半空中的手
我知道
再难受也要学着放开手
如果一定要把你忘记
请给我一个忘记的理由

◎第二章 痴迷

六十

最好的年纪
遇见你是最美好的风景
年轻时候的爱情
是多么美好的事情

六十一

落叶飘下
填满了满地干裂树杈的风景
有你的回忆肃杀的冬天才会丰盈
只有想起你我才能感到些许的安静
就像我的故事无人倾听
这个患难的人世
一个人渺若鮍蚁
飘若浮萍
你干净的美好
给我的心带来安宁
没有人懂我的感情
我愿意一辈子活在你的阴影
习惯了不再诉说
我也不再需要谁的同情
人与人
不过一场游戏

◎第二章 痴迷

六十二

今生经历了太多无力的苍白
面对着你
却不敢说爱
静默的祝福
是我对你唯一的表白

六十三

拥你在身边
是多么美的画面
你一定很爱他
才可以小心翼翼地躲在他后面
没有永远
只有回不去的从前
那么近又那么远
是梦里的哪一年

◎第二章 痴迷

六十四

无论我如何努力
却始终无法擦去你心里面关于他的痕迹
无法靠近你冰冷的身体
触碰你手臂时警惕地躲避
面带微笑的你
眼神的游离
轻浅的微笑无懈可击
那些拉近距离的话题
敏感的你
机警地逃避
你没有明确说出拒绝的话语
我知道我该体面地转身离去
朋友的客气
才会让你的心感到欢喜

六十五

孤独的旅人
流着泪的黄昏
你永远不会看见
也永远不会有人告诉你
我会一个人吞咽过去
直到死去

宁可杀了我
也不愿把这执念点破

◎第二章 痴迷

六十六

城市的边上
有一片沼泽
在你的眼睛里
也有一片沼泽
你的眼睛望过他一眼
此生再也没有笑脸

六十七

爱情是夕阳下想你的孤独

爱情是海滩上一个人留下背影的孤独

爱情是飞鸟划过天空

哀鸣的孤独

爱情是死在惨烈阳光下

抚摸自己身体的孤独

爱情是灿烂阳光下向日葵的孤独

爱情是心为你上了锁的孤独

爱情是无法对别人打开心扉的孤独

爱情是你脸颊绯红时比天边晚霞还要美丽的孤独

爱情是一生想你的孤独

◎第二章 痴迷

六十八

我的心走到了远处
我的眼睛看向了远处
可是我的心还是孤独

六十九

灿烂的阳光下
抱紧被思念折磨得干枯的身体
拾捡起一路丢失的遗忘
拥抱盛大的死亡

◎第二章 痴迷

七十

你的心
是永远触不到的远
你的心
盛开在遥远的彼岸
是梦境里也无法的到达
回忆太过美好
而不敢去触碰

七十一

听雨的心情
是散落在心里的痕迹
是抹不去的你
是永远无法说出的秘密
永远烂在心底

◎第二章 痴迷

七十二

你走了
我还等在原地
盘旋不忍离去的飞鸟
坠落的夕阳
我的心一直在流浪

七十三

落日余晖
朝霞熹微
在你面前
我永远是那么卑微

没有欢喜
没有伤悲
亦影亦幻
亦人亦鬼
你那么美
为你痴迷一生又怎会后悔
走过的路怎么回
心如死灰
安静地把自己销毁

◎第二章 痴迷

七十四

我的人生
是一条奔向你的走不完的路
无人的旷野
一个人放声地哭

七十五

也许终有一天会忘了你
但是又有什么意义
所有的感情盛放给了你
花开到荼蘼
为什么会想起
为什么会忘记
尚未老去的年纪
聊以慰藉的余生
我苍老的身体

◎第二章 痴迷

七十六

永远忘不了
十三年前的那一场浩劫
你闯进了我的生命
于是
我用一生的时间逃离

七十七

后来的岁月
有幸遇到了几个善良的人对我好
但总是在最后时刻逃跑
明天早上阳光正好的时候
我会扬起嘴角骄傲地笑
可是我依然无法把你忘掉

我的人生注定苍渺
只希望在没有我的人生里
你过得好

◎第二章 痴迷

七十八

我梦到在一个温暖的冬季的上午
我穿上新衣服
却依旧孤独
孤独地没有出路
我看到有新娘要出嫁
却没有人祝福
我看到有人蜷缩在街角悲伤地哭
却没有人理会
街上的人们冷漠地走路

七十九

生命是一次盛大的遗忘
还是一场盛大的死亡
孤独的骨髓里
流淌着我的迷惘
辜负着你的善良
你拒绝我的时候
是我们最美的时光

◎第二章 痴迷

八十

阴着天的冬天
天上飘下雪花
焦虑的步伐
嗓音的沙哑
干裂的枝丫
混乱堆放的树杈
这是北方的冬天啊
到处是那么肃杀
固执的我还在挣扎
什么时候才能把你放下

八十一

他们说最柔软的地方
总会发生最柔软的事情
她的微笑迷离而神秘
关于过去抿起嘴角闭口不提
我知道远方有一个他
为她终身不娶
终身为她守护着一个秘密
痴恋他的心逃离她的灵魂
像一只幼小的生灵
像一个充满灵性的生命
像一只鸟儿
自由地飞行

◎第二章 痴迷

八十二

我用了一生的时间向你走近
却还是无法走进你的心

▶ 第三章　星空 ◀

一生很快就过了

阿兰

星　空

每当夜晚想起你
每当流星划过天际
每当喧嚣的人世归于沉寂
每当心沸腾在我的身体

每当梨花盛开在夏季
每当盛夏的夜里弥漫着你的静谧
每当我的心到达远方
每当你和他走在一起
每当我看到你们偷偷在一起的甜蜜

温 柔

牵不到的
是你的手
梦中的永远
什么时候会是喜欢你的终点
终有一天
我的心
你会看见
人群里突然的沉默
是忘不掉的眷恋
你眼眸里的故事
总是让我深陷
数不尽的想念
孤单地盘旋

◎第三章 星空

阿兰

江　南

飘雨的南方
空空荡荡的旅店
绵延向远处的天
淡青色的烟
忧郁的女子
忧伤男子的脸
沉默不语的你
连绵不绝的雨
你苦苦折磨着自己
可是他还是无法爱上你
他走了
你再也没有说过话

孤　独

我是一个孤独的孩子
寻找一个温暖的家
亲爱的
你愿不愿意和我一起浪迹天涯

◎第三章　星空

阿兰

青　春

注定我要浪迹天涯
怎么能有牵挂
放浪的生涯
难忘的夏
年轻时的狂野
该怎样向你表达
曾经的我可以放下所有牵挂
背起行囊就可以浪迹天涯

痴 迷

我该怎样以蜷缩的姿态睁开眼睛仰望阳光
我该怎样看着秋天的树叶走向死亡
我该怎样把对你的痴迷和怅惘
一点一点遗失在路上

空气中弥漫着潮热气息的夏天
你带一点金色的长发
你暗红色的嘴唇
你冷眼旁观这个世界的漂亮的双眼
你说如果太阳可以永远不落
如果花朵可以不凋落
那时候的我还年少
执念于水镜中的幻象
参不透人生的痴妄
看不懂你眼中的迷惘

又是一个夏天

阿兰

痴迷（二）

你紧紧环抱的双臂
你落落寡合的索然
你黑夜般忽闪的双眼
你的禁闭
你的冷漠
你眼神的游离
你不能触碰的身体
你只为一个人打开的秘密
都是我的痴迷

听风者

我听到黑夜把我埋葬的声音
你美丽的眼睛
破碎成模糊一片

就让这无边的黑夜
埋葬我的心
和我的身体

◎第三章 星空

阿兰

天　空

直到淡青色的天空突然布满了乌云
直到晴朗的天空突然下起了雨
直到你漂亮的脸飘满了眼泪
直到要分离的未来终于到来

我抓紧你的手
告诉你冷雨中不要松开
即使和我走散的未来
只有一个人隐忍着苦悲

流 年

离岸的风
你忧伤的右手
指缝间流过的
是你的流年
你抬起头仰望的
是忘不掉的昨天

◎第三章 星空

阿兰

如 风

你是我抓不住的风
直到有一天我的忧伤和你相同
你的寂寞如风
做着一场不能醒的梦

小别离

与你相遇亦是欢喜
纵然结局终是别离

◎第三章 星空

也 许

也许
再不会和你遇见
也许
我会从另一个城市悄悄靠近你身边
也许
那些场景再也不会在脑海中浮现
也许
那句话
永远不会对你说出口

星 光

如果时光终会带走

所有生活的平淡

如果走在身边的你的温暖

最后终走散

如果太阳的循环

带不走你树荫下身影的孤单

如果你和我曾在许愿池的喷泉下一起许愿

如果流星下许过的愿望都不会实现

阿兰

黑　夜

夜停滞不前
把我埋葬在夜色里面
人世之间
浮沉里面
怎样在浮生里犹豫
怎样在浮生里游离
心中的悲苦
无法倾吐
凝视你的双目
让时间在这一刻停驻

城　市

时光太好
容颜太易老
有没有人告诉你
在一个陌生的城市里
我一个人在默默地哭泣
有没有人告诉你
在你想我的时候我也会想起你

◎第三章　星空

阿兰

信　笺

好几年没有写东西了
当我终于学会了去爱
才知道败给了时间的安排

▶ 第四章　狂恋 ◀

就算你美丽的眼睛
永远看不到我的深情

一

给你我的心
如果你也有柔软的时候
给你我的心
如果你也有想起某个人的时候
给你我的心
在你最脆弱的时候
给你我的心
在你最需要我的时候

二

陌生的城市
遇见陌生的人群
遇见陌生的你
你有着什么样的过去
有着什么样的故事
为什么你的眼神里
那么多的孤寂

◎第四章 狂恋

三

给你我的心
在陌生的城市里
带你穿过所有的孤单和严寒
穿过所有的阴谋和欺骗
在最柔软的心畔
对你说一句晚安
在一座温软的城市
在你受伤的时候
乘一只只有一个人的船
深深浅浅地靠岸

四

不管这世界多少的圈套
不管心锁上了多少城堡
这城市多少热闹的喧嚣
你我在这世界上飘摇

◎第四章 狂恋

五

是否你也曾爱上过别人
是否在你的心里也曾留下伤痕
给你我的心
当你想流泪的时候
给你我的心
如果你不再带给它伤悲
给你我的心
柔软得经不起一点伤害
如果有一个人
可以安心地停留在她身边
疲累的时候
靠在她身边
安心地闭上双眼

六

一朵云的流浪
永远向着前方
有你在身旁
我忘记了一直前往的远方
你眼中的光
是我今生最大的向往

◎第四章 狂恋

七

你的灵魂像花儿一样洁白
寂静的生命等待着你到来
我的心为你盛开
我愿意付出我所有的爱

八

给你我的心
即使有一天你让我充满了眼泪
给你我的心
即使有一天结局让我无法面对
给你我的心
即使有一天孤独把我包围
给你我的心
爱过就不后悔

◎第四章　狂恋

九

如果你也留下过眼泪
让我为你抚平伤痕
让你的心不再痛楚

如果你也曾不想把谁宽恕
和我在一起的时候你会少一点痛苦
带给你朴素无言的陪伴
和保护
让你的心不再放逐

十

直到遇见你
我才找到生命的出处
想和你去远方看一次日出
西藏的天路
或者青海的湖
有你在的地方
我就不会孤独

◎第四章 狂恋

十一

我的心在怀念中慢慢变老
如果可能
我想回到南方给你一个依靠
或者温暖的拥抱
愿你在南方的冬天里
安好

十二

北方孤寒
唯有远方的你可以傲霜
可以让我的天空晴朗
如果今生还有一次机会可以照顾你
如果今生还有一次机会可以靠近你

◎第四章 狂恋

十三

走在马路右边的时候
总误以为左边有你相随
现在的我一个人在一座北方的城市
经历了太多的孤独和严寒
保护好的真心不知道可以给谁
茫然的未来
夜深的时候无法面对
一个人流泪
想交付真心
却太多的事与愿违
后悔

十四

如果你愿意接受
我愿给你所有的心跳
用全部的爱把你环绕
世界那么多的虚情假意
纷纷扰扰

◎第四章 狂恋

十五

喜欢你要怎么隐藏
给你一生的保护是今生最大的渴望
有你在身旁
生命才有远方

十六

一直没有那么一个人
所以才想有那么一个人
没有人懂你的情感
所以才有那么多的背叛
一个人孤孤单单
心却柔软
如果你给的是缠绵的短暂
和悔恨的遗憾
请不要靠近我
我要的不是现在
是永远

◎第四章 狂恋

十七

如果生命中注定了分离
为什么还要让我们相遇
如果注定没有永远
为什么要让我们遇见

十八

烟雨
你轻声如许
黑云压幕
如泣如诉
欲起身离去
奈何眷恋红尘

◎第四章 狂恋

十九

睡梦里兵荒马乱
经了流年
相逢一笑
似大梦初觉

二十

老友如故
杯酒尚温
奈何天色已晚
思念隔万水千山

◎第四章 狂恋

二十一

当年大明湖畔
秋景萧瑟
灯花寥落
语无穷
佳人隔岸千万重
隔了梦境
隔了阴阳

二十二

生命太旖旎
而我们太无力
生命是座孤岛
而我们只能欢笑
如何经过所有的嬉笑欢闹
穿过所有的狂雨风暴
给你拥抱

◎第四章　狂恋

二十三

闭上眼
你还是昨日的模样
可是我却是那么慌张
不知所措地慌张
一切隔了梦境
隔了阴阳

二十四

天气凉的晚秋
是没有你的以后
此刻的你
会牵着谁的手
拥抱另一个人的时候
会有什么样的理由
欺骗自己爱上另一个人的时候
又是什么样的借口

◎第四章　狂恋

二十五

我爱你
不止因为拥有你的那个晚上
因为
你漂亮的眼睛里
有一整个世界的星光

二十六

一个曾经以为不后悔的决定
让一切美好的事情
变成了路过的风景
我们彼此怀念的
也只有年轻时候的爱情

◎第四章 狂恋

阿兰

二十七

那时候的我们都还年轻
在有你的城市
租一所房子
办一场简单的婚礼
有一场不计票价的旅行
是我们曾经的约定

二十八

没有你的世界
推开窗
是满世界的凋落
一朵花的承诺
敌不过
分开后
后来的你我

◎第四章 狂恋

阿兰

二十九

我们匆忙着各自的生活
旧时光匆匆而过
和你分开后
我的心开始习惯漂泊
关于从前
是默契的不可触碰的缄默

三十

如果有什么理由可以让我忘记
一切都是因为你
关于过去
全部是关于你的回忆
关于感情
是绝口不提的默契
未来的我会在哪里
怎样把过去的回忆一点一点拾起
怎样走进你心里深藏的秘密
寒冷的冬夜里
怎样让思念穿越一千七百公里的距离

终于有一天
我变成了你渴望的样子
可是
却失去了你
失去了最初的欢喜

◎第四章 狂恋

三十一

直到那些事情不会被提及
直到我永远失去了你

三十二

那时候的我们很穷
那时候的我们很幸福
那时候每天都有飘满云的天气
那时候的我们并排着坐到一起
抬起头
就能看到蓝色的天际
余生
愿有人陪你颠沛流离

◎第四章　狂恋

三十三

愿你长大以后
有一棵开满花的树
一间洒满阳光的小屋
一个温暖的人

三十四

因为等你
白了头发
苍老了年华
我路过了很多的风景
只为了一次遇见你的旅行

◎第四章　狂恋

三十五

给我一支笔
让我为你描绘这个世界
描绘二月凛冽的春风
描绘三月早春的花红
描绘大风中行走人们的行色匆匆

三十六

我的人生路
在遇见你之前
已经全部走完

树叶细碎的沙沙声
细碎的阳光里
是和你一起走过的痕迹

◎第四章 狂恋

三十七

那时候的一切很美好
和朋友们一起哭一起笑
那时候的你还是少年模样
如今也换了容妆
栀子花香弥漫的夏夜
你的发香感伤而绝望
如果一个人能随随便便被代替
这个世界就不会有那么多的绝望

三十八

为什么对的人不能相爱
为什么好的恋人最后要分开

◎第四章 狂恋

阿兰

三十九

大梦初醒
恍惚间过了几个春秋
总是在夏夜的凉风中想起你
仿佛一切不再是回忆
是穿透时空的穿越
这几年没有老去
经过的时间从生命中剥离
而你还是从前的你

四十

若干年后
我成了一个诗人
而我却永远失去了最爱我的人
一个人孤独地站在时光的风口
流着泪悔恨

◎第四章 狂恋

四十一

好久没有这样清新如夏日空气的气息
像一阵风吹进我的心
吹醒沉睡的心

突然陷入回忆而黯然神伤
想念每一个下午和你一起走过的道路
都洒满阳光

四十二

我骑着白马走过了万水千山
却始终无法触碰到你的少年
翻开的泥淖
是你记忆中的欢笑
我们去哪里寻找
昨日的美好
不曾停留
多久以后
如果早知道
结局这么重要
重要到无法把对方忘掉
何必在开始彼此打扰

◎第四章　狂恋

阿兰

四十三

整夜都在做一场梦
梦里兵荒马乱
蹉跎了流年
梦里的我背着一把少年的长剑
去远方见一个人
却看不清她的脸

四十四

给我一汪可以洗干净眼泪的清泉
我想交换过去的岁月

不是不在意
只是学会了笑着绝口不提

◎第四章　狂恋

阿兰

四十五

只要回忆还在沸腾
我们就不老
你的身影在回忆里缠绕
我们光着脚在海滩上奔跑
待时光慢慢变老

四十六

想和你依偎着一辈子缠绵
不想拥有你给我的这个夜晚
然后对我说
再见
永远

◎第四章 狂恋

四十七

你的轻描淡写
却让我一个人在后来的岁月里
夜夜思念

四十八

有生之年
在最美好的年华
遇见最美好的你
待我达济天下
许你一世荣华
负你一生牵挂
伴我浪迹天涯

浮生若梦
不虚此行

◎第四章 狂恋

四十九

如今我不再年轻
你也苍老了面容
当年尘封往事
最难忘记的
是你花一样的笑容

五十

晚秋
是想你的时候
停在半空中的等候
是曾经牵过的你的手

◎第四章　狂恋

五十一

我很快会回来
不知道明天是否清晰
这次的选择对与错
我自己也分不清
我的生活也许从此开始漂泊不定
大风中如果我感到孤独
我的歌只想唱给你听

五十二

你玫瑰色的唇
是染透天边的晚霞
你洁白的牙齿
是蓝天下飞翔的白兰鸽
是环绕群山的流水
你洁白如雪
是清辉下皎洁的月
你整齐的长发
是森林里欢快演唱的竖琴
拨动了人间最动听的旋律
拨动我的心

五十三

当你疲惫的时候
亲吻你的眼睛
那是我们的曾经
当你老了
你是否会记得
年轻时候的爱情

五十四

穿过所有的回忆
我只有你
穿过所有的风暴
和风雨
我只能拥抱你
穿过生命中所有的寒冷和孤寂
我只拥有你
生命中那么多的孤寂无依和贫瘠
我只拥有你
当你老了
你也许会忘记
年轻的时候
我曾经拥抱你
当我老了
也许我会想起你
我曾经拥有你

◎第四章 狂恋

五十五

那些你流着泪说过的话
是真的吗
你破涕为笑
羞涩地笑着跑开
我却一生放不下

五十六

遇见你
是最美好的风景
年轻时候的爱情
是多么美好的事情
如果你看得懂我的冷漠
我愿给你所有的温柔

◎第四章 狂恋

五十七

相遇太美
美得像带着原罪
如果我还会为谁流下眼泪
也是对你的跟随
爱过就没有后悔
寒冷的夜色
是你的凄美
冻结一朵花的花蕾
是我的眼泪

五十八

也许你不知道
你已经是我的宇宙
我没有什么要求
只求和你相守直到世界的尽头
如果你曾经有伤口
希望我的温柔
是你的出口

◎第四章　狂恋

阿兰

五十九

时光是一条静静流淌的河流
我该怎么抓紧你深情的双手

六十

那些旧时光
我们都如此地疯过
从什么时候开始的呢
你已经完全走出了我的生活
我知道
回忆里即使有快乐
也终究会忘掉

◎第四章 狂恋

六十一

如果没有你
我的人生是如此贫穷
像一个人走在无人的荒野
到处是野草的荒芜
如此孤独

▶ 第五章　城市 ◀

我光着身子在每一个漫无边际的黑夜里奔跑
路过的每一条道路都叫作孤独

白 首

好想抛下一切和你一起走
一直走到天的尽头
没有怨悔的缘由
没有无缘由的等候
在时间倏忽消逝之间
忽然就白首

南　方

你说你喜欢冬季
你说你喜欢故事里飘满雪花的回忆
冬天会下雪的年纪
为什么你一句话没有说就匆匆离去
留我一个人在原地回忆过去

如今我一个人回到了这里
你说长大以后会把年轻时候的事情忘记
虽然在心里会留下痕迹

阿兰 ALAN

烟　雨

烟雨的南方飘着雨
那些荒野里疯狂生长的
是你的过往
对未来一无所知的我和你
茫然站了在路上
我多想忘了你和他们的那些身体
多想忘了你的过往

火 车

路过的所有风景
多么希望都有你
当我们有一天老去
当晴朗的天空突然下起雨
当天空不再有晴朗的天气
你的深情
是否一如往昔

◎第五章 城市

梦　境

每一个梦境
你温软的手指抚摸我的身体
抚平我今生所有的伤痛
可是
一切终究是梦境
走走停停
是我一个人孤独的旅行
孤独的旅人
活在一场不能实现的梦境
不能清醒

梦境（二）

如果一直向前走
是否可以走到尽头
路过的往昔
有过的爱恋
不置可否
是你触不到的温柔

◎第五章 城市

阿兰

黄　昏

月亮向西照
故人斜倚阁楼
多少的愁
是回不去的故乡
爱与恨
撒进大海向远处流走
从此
爱恨再无踪迹
南方的夕阳
为什么这么明艳
像你红艳的脸

城市（二）

城市的脉搏
记忆的苦涩
你突然的沉默
神色萧索的我
公交车窗外折射阳光的树叶
倏忽而至的爱情
江岸的雨季
潮湿的天气
湿漉漉的你
湿漉漉的梦境
湿漉漉的爱情
吻过的你闭着的眼睛

阿兰

勇 敢

我多么想没有那些回忆
如果你勇敢地奋不顾身
我多么想忘掉所有的过去

一 生

那些回忆
那些过去
那些欺骗
像一场大雪
在心里了无痕迹
我仿佛去过了雪国
去过了北极
去过了大理
去过了红河
去过了南国的国境
仿佛过完了一生

◎第五章 城市

阿兰
A LAN

欢　颜

我会在一个有你的城市
在一个阳光暖煦的艳阳天
笑容灿烂
不再哭着说抱歉

你的脸还是像从前
哭泣中带着笑颜
故去的是时间
你的笑容温暖
仿佛在昨天

云 游

被伤过的心离开了伤心的地方
浪迹四海地云游
路过了蓝色的山川
和绿色的河流
一个人背着包流浪
一路丢弃着那些卑微的幻想
我路过美丽的南方
路过你年轻的惆怅
那时候的我们都还年轻
对世界那么地眷恋
那些年轻的想念
直到有一天一切都化成了烟

少 年

那时候的夜空
吹着清凉的风
我们一起走在操场
一起幻想着明天的模样
可是
雨突然打破了夜的宁静
我们奔跑着
在人群中走散
再也找不到一起站立过的地方
时光走得太快
太急
很多场景来不及珍惜
来不及凝视
恍惚间
就坠入回忆里

青春（二）

仿佛又回到了过去
你还是年轻时的模样
漫天的蒲公英在天空飞扬
你对爱情的渴望
飘扬在镶嵌白云的蓝天上
你喜欢穿着白裙子
你的年华像花儿一样
你的美好像纯净的山溪流淌
你的生命恣意绽放
不知道未来的模样

◎第五章 城市

阿兰

故 乡

武汉
回到故乡
一个人独坐夕阳沐浴的操场
吹起一点风
欢快的少年们
弹起旧吉他
一个人歌唱
身边是和你一起沐浴过的暖阳
脚下是和你一起走过的潇湘
耳边是风琴的欢畅
十年的流放
故乡收留少年不问这些年的过往

北 方

我在北方很好

落日余晖

朝阳普照

你在南方的艳阳里依旧美丽

我在北方的大雪里孤独无依

承诺太浅

尘缘太艰

大梦初醒

恍如隔世

阿兰
A LAN

同　窗

时光未老

不负春光

谈笑间

春花秋落

又是一个轮回

待你老去

是否记得今日窗外的风景

和七月离别的艳阳

从此熙熙攘攘

坊间城南事

南国杏花香

繁花谢了春红

只留别离情

故人未老

离别尚早

唯有明月

寄托千里的相思

送君离别意

去意无痕
从此江东无故人
奈何怠慢了岁月
匆忙了年华
道寻常往事
多少才子佳人
书生意气
心比天高
志在天涯
谈笑间朝晖夕落
又是一轮春秋

我在北方的城市里一个人写着后来的故事
我已慢慢习惯
下雨天
一个人的孤单
习惯了没有你的陪伴
给我一杯咖啡
回忆回不去的从前

◎第五章 城市

阿兰

武　汉

我一个人来到了北方
你成了我唯一的牵挂
也许我永远学不会向对我好的人表达
我只能对最眷恋的城市说话
最美的不是下雨天
是和你一起走过下着雨的东湖边
武汉
想你的雨天
离别的眼
南飞的雁
我多想飞回到你的身边
飞回到消逝的时间里面
我经历得足够多
我只想要一个好的结果
足够多的眼泪
换时光的蹉跎

曾经以为拥有的不多

其实已经拥有了全部

爱过我的人
安好

◎第五章 城市

阿兰

南京（一）

在一个夜色迷离的城市
你告诉我你又要结婚了
迷离的夜色里
你迷离的眼睛
让人深陷

南京（二）

南京的冬天
秦淮河上升起的烟
忘不掉的你的容颜
她无声无息地离开
因为她害怕说离别的时候他哭泣的双眼
他帮你取暖的大手总是让你怀念
可是
你还有明天

南京（三）

江岸寒冷的冬天
他握着你的小手为你取暖
灯火寥落的夏夜里
你为他点着烟
他离开的那天
你把眼泪哭成了珠帘

南京（四）

停满汽车的马路
汽笛声的催促
对面是那家过去你们常去的咖啡店
你忙着赶路
心没有了温度

◎第五章 城市

南京(五)

刚离开他的那几年
你过得比较苦
生活琐碎而忙碌
匆忙地应付着人情世故
心渐渐没有了温度
只是每一天落下夜幕
想起他的时候还是会哭
想他的时候你喜欢把头发扎成一束
因为你害怕眼泪哭花了眼幕

南京(六)

你一个人对着天空发着呆
她不在身边的时候你满眼是对她的牵挂
面对着她却总是一言不发

◎第五章 城市

南京(七)

我的作品是一间整日看不到阳光的屋子
一片终日布满乌云的天空
一朵整日飘着阴霾的乌云
一整个夏天都下着雨的南京

南京（八）

你说你要去一个地方
在行走的路上忘了他
一去就是很多年
不知道在你流浪的路上对他还有没有思念
思念他的时候还会不会点一根烟

◎第五章　城市

南京(九)

你走以后
再也没有人去过那家咖啡店
傍晚温暖的红色晚霞消失不见
希望在流浪、忘记的某天
能在路上和你遇见
你依然是绯红着脸颊的年轻时的倔强的容颜

郑 州

人生有很多的地方
总有到不了的远方
每一次都从这里路过
这一次我想在这里停留
你好
郑州

◎第五章 城市

阿兰

广　州

在南方温柔的阳光里
回想记忆里遥远的夏天
阳光下美好的你
我选择不打扰默默微笑着离开
微笑着离开
微笑着面对
这也许是
故事最好的结尾

S城（一）

夜晚西边的天空亮起星星
你的心是否会安静
我总是流着泪
想念你会说话的眼睛
想要对你说的话
托今晚的风讲给你听
没有了你
一个人孤单地前行
寒冷的北方
今夜没有爱情

◎第五章　城市

S 城（二）

当夜晚划过流星
我的心事你是否在听
太久没有你的消息
当初是我放弃你
一个人在寒冷的北方
孤寂

生死
名利
一切不过如过眼云烟
消寂

S城（三）

灯火幻灭
人生寂灭
北方的寒风凛冽
不该是想你的季节
那些在一起的情节
那些飘落的红叶
那些枫树灿烂的十月

S城（四）

一个人的江湖
飘若浮萍
那些填充回忆的场景
都是你曾经陪伴的身影
一个人在北方流浪
那些觥筹交错的光影
那些为人的不留情
每一次酒醉后的清醒
都是曾赋予你的深情

S城（五）

不担心
一直一个人会怎么办
真情
经历一次就没有遗憾
对感情有渴望
所以经历欺骗还总是心软
那些感情上的背叛
那些虚情假意的欺骗
北方孤寒
没有你的日子
我会一个人慢慢习惯

◎第五章　城市

S城（六）

江湖
一个人的路
人生是一条太长的路
太过年轻的我
还不知道人生的恐怖
不知道怎样路过人生的漫漫长途
我早已学会了不留情和不留任何眷顾
没有人懂得我感情上的苦
就像没有你的城市
我永远是孤独

S城（七）

如果一切可以重来
结局会不会更改
你消失在茫茫人海
看着满眼的人群
眼里是苍茫的无奈
弄丢了再也找不回来
如果你有天会回来
带回曾经的沧海
今生已苍白
留来生再等待

◎第五章 城市

S城（八）

太多的往事沉在心底
我只能义无反顾地走下去
如果哪一天不小心触动了回忆
我只能小心翼翼地把你从身体里拨离
小心地藏在心底

S 城（九）

阳光射在身上
总感觉有痛刺在后背
当我转过身回想你的时候
没有人看得到我的眼泪
把心种满带刺的蔷薇
小心地把自己包围
满心都是疲惫

◎第五章 城市

▶ 第六章　彼岸 ◀

你是我穷其一生不能到达的梦境

阿兰

一

午后温软的阳光
像你的笑
温柔中把我谋杀
你来得总是悄无声息
悄无声息地把我的一生带走
于是
我的一生只活在对你的回忆里

二

阴天是让人感伤的过往
你是我奋不顾身的前往
漂泊的人没有故乡
梦里的场景都是惆怅
一个人在南方小镇看过的蓝天
就是我的少年

◎第六章 彼岸

三

思念成灾
郁结成心里的肿块
春去秋来
岁月消散得太快
留下惨淡漫长的一生
我一个人应对那些欺骗和冷漠无情
梦里模糊的你
成了一个孩子的母亲
我面对着冬天升腾起热气的玻璃
看不清自己的样子
看不清未来

四

寒冷星空里闪着寒星的星斗
是不是和你一样冷酷无情
爱你的人
一个人在孤独的背景
吞咽火焰般滚烫的疼
那些夜夜折磨我的梦境
是我对你的深情

阿兰

五

寒冷的北方
留给我的都是绝望
和撕裂的断肠
那些奇异的梦里
残酷得寸草不生
风呼啸而过
催生了无边的野火
燃尽了所有的殊途
断了回去的路
思念一旦开始
就无法结束

六

烟花易冷
灯尽影孤
乍暖还寒时候
最是孤独

◎第六章 彼岸

七

星疏月朗
夜阑无寐
圆月未满
犹盼归人

八

人世无情
烟雨凄冷
曾经断肠处
零落泪雨
酒醉东风

◎第六章 彼岸

Stubbornness

open the window

let the sun in

after you leave

my life start dropping

Do you know

when you go

my detainment was too obstinate to show

Do you see

I cover my ears huddled up under the tree

your heart was too far to reach

close my eyes vanished in the boundless sea

Injure

when the days you have hopes for me before

I only give you hurt more

today more people come to me

but my heart only closes the door

I want to forget you

but when the night alone

my conscience call

when the night falls

your silhouette clear and you voice loud

about life

we used to have many plans

you used to love me

nevertheless

time flies

life has no if

time can't come back again

today I walk alone

the breeze is shy

the autumn leaf died

I wait for your back

where the dream at

Lonely

if one day I die

go through all lie

lose sleep long night

i still fight

my blind eyes

are cursed never saw light

never had sight

I show love

but I see nothing but hate

like the college never graduate

with profound respect and humility

as on thin ice I skate

life has always be falling

never be rising

I hear someone call me coming

but your love only avoid me from approaching

I love the world so enthusiastically

I love you so heartly so profoundly

but I only feel lonely
born with lonely

Tears of Eos

The morning dew cry
I open my eyes wide
gazing at the sun rise
looking up the eagle fly
ignite the fire
blood makes your lips more red
tears in my eyes
I wondering why
search till the spirit tired
till my heart died
love never balances equally
my deram dance with devil
yesterday I came to life hasty
today I go like the man windy
life is so crazy, I have no time to hesitate
like the beautiful oath you never say
escape from the early shade
fly over the north montain, the north lake and the nouth state

阿兰

漂　泊

再也没有遇见如你一样的女子
于是
我的一生都是漂泊

往 生

阴雨的天空
是你眼中伤寒的颜色
你苦守一生的承诺
不过如烟火一般寂寞

◎第六章 彼岸

阿兰

孤　城

你不知道
你寂寞的拥抱
是今生所有的欢喜

生命是一袭华美的旗袍
沿着你的手指从肩上滑落的
是轻轻的一声叹息

彼 岸

今生
还有什么期待
我带你飞过那片海
路过苍山
路过洱海
那些模糊的梦境
是你对我的感情

◎第六章 彼岸

爱

什么是爱
究其一生也不能明白
一切不可以重来
结局不能更改
就这么和你走散在人海

画 布

不管发生什么
都不能把这一切改变
改变悲伤的结局
改变我活在忘不掉你的诅咒里面
盘旋而去的飞鸟
消失在天空
留我一个人在偌大的世界里
孤独地想你
背对着世界哭泣

◎第六章 彼岸

阿兰

拥 抱

每一次想起你
拥抱只能在梦里
如何跨越今生和来世的距离
穿过风雨
穿过风暴
拥抱你
今世不能照顾你了
来生吧

遥 远

我们是一片飘落的叶

乘一艘残破的船

苦海浅浅深深

我们在人生里浮沉

隔着浩渺烟波观望的彼岸

抵达往生的遥远

◎第六章 彼岸

西 游

一遍一遍地看着电影里的表白
没有什么不能释怀
牵得那么紧的手有一天也会松开
这世界消失得太快
没有人为你一直等待
曾经的永远
成了今天的桑田沧海

分 离

烟雾迷蒙中
如何才能看清楚
我们来时的路
分开已没有痛楚
你忙着收拾好衣服
没有哭

◎第六章 彼岸

阿兰

香　樟

那个回不去的家
那个香樟树繁盛的夏
你没有留下
留给我一生的牵挂

缄　默

曾经那么多的承诺
转眼都成了泡沫
谁都没有错
你曾经的美丽
也像夜晚繁星般闪烁
不愿开口的懦弱
注定固执地错过
你身边的那个人注定不是我
开口追悔的挽回
不如决绝转身的缄默

◎第六章　彼岸

阿兰

回　忆

走过了就不能回头
那些美好也曾经拥有
如果早一点懂得互相迁就
就不会这么早地放手
心难受
也不能说出口
心难受
当初却选择不挽留
心难受
当初你含着泪要走

梦境(三)

如果都是梦境
为什么我会如此清醒
如果都是梦境
我该怎样把这一切看清
如果都是梦境
为什么一切都是那么真实

经历过的故事就是最好的故事
晚安
故事里的人

◎第六章 彼岸

梦境（四）

走在路上看着冬天肃杀的画面
才知道你离开已经有了一段时间
只是太多的回忆无法看穿
闭上眼睛仿佛都是孩子的呢喃
睁开眼睛只剩哭红的双眼

悔 恨

原谅我这些年对你的疏忽
不知道你投入的专注
却带给你伤害的痛苦
内心没有归宿
分开以后
漫漫长夜里我也曾感到孤独
什么时候你走进了我内心的深处
想给你幸福而不是祝福
最苦的不是内心的清楚
是看清楚的领悟

◎第六章 彼岸

孤独（二）

如果此生注定孤独
我只能义无反顾
我对你的好
你可以选择记住
也可以不再对人倾诉
再嫁了人
受了伤也不许哭

春 光

日光明媚的春天
看到的是满目苍凉
望不到边际的
是和你没走完的路
路上心心念念的
是和你的过往
你现在的年纪也苍老了吧
那些年轻时的执念
还在坚持吗
耳鬓未染白的青丝
是这些年我对你的牵挂

阿兰

飞 船

愿你来生如愿
嫁给爱情
愿你从雨中穿梭而来
摘下帽子
还是不倦怠地调皮地微笑
愿你没有错过时间
搭上一艘飞船
飞离这个下着雨的世界

愿你来生如愿
愿你余生不悲欢

天堂里的爱情

终于要离开了
在天堂里
会有你拥抱我
你会忘记那些不快乐
重新拥抱我
我们会像以前一样
你挽着我的手
两个人的背影
一起融进夕阳西下的背景
不再有苦涩
不再有不欢乐

◎第六章 彼岸

往生（二）

当你想我的时候
看看月亮
我在天上

岁 月

后来的人生
我每天都在做着同一个梦
每天都在为同一个理由疯

我愿用现在的所有
换过去的岁月

◎第六章 彼岸

死在太阳下

我站在太阳下孤独地想你
脱下所有衣裳
让惨烈的太阳
烤焦我所有的绝望
眼睛里出现了幻象
你穿着白色衣服
整齐的披肩长发
扎着发夹
在花丛里笑得那么欢畅
我始终不敢靠近你
告诉你喜欢你的秘密
我也只能
只能这样绝望
绝望到死去
绝望的结局
在惨烈的太阳下
暴露无遗
惨烈的太阳

色彩焦灼的向日葵

绿色的原野

望不到边际

天边孤独的飞鸟

盘旋而去

所有的一切

都是

绝望的结局

◎第六章 彼岸

痴　妄

这如血的夕阳
这银色的月光
我坐在空荡荡的床上
等你到天亮

孤独（三）

你的爱已不在
留我一个人独守没有你的未来

你离开了我
我再也没有爱过别人

◎第六章　彼岸

梦境（五）

梦中醒来
一切又回到从前
再一次对你表白
你流着泪说永远不分开

苍　白

今生经历了太多无力的苍白
面对着你
却不敢说爱
和你一样倔强的沉默
是我对你唯一的表白

◎第六章　彼岸

阿兰

后 来

后来
命运怎样安排
后来
你消失在人海

回　家

终有一天你会回来
带回整个世界

◎第六章　彼岸

阿兰

今 夜

今夜
只言欢笑
不诉离愁

多少个流着泪的夜晚
从此你的一切与我无关

第七章:往生

偏偏一切只是一场梦

阿兰

在人间

流连于这人间
你是我最大的牵绊

这么多年
还是没能走近你

世界太美好
而我太无望
为什么要让我看到那么多的美好
却不能走近

这是个炙烈的世界
我却不能拥有渴望
这是个炙烈的世界
把我仰望天空的眼睛灼伤
纵使不能走近
我依然爱着这个世界
就像我一直爱着你

今生将尽将熄

唯来生可期

往生不可忆

来生不可及

今生等不到你了

来生再见吧

如果来生相见

还是穿着白衬衫的消瘦少年

还是花一般的模样

那些温柔

还是只为你存在

那些少年思愁的歌

还是只为你而唱

那些年轻的生命

还是只为你而来

为什么你的生命

都是悲伤的回忆

为什么你的眼睛里

总是噙满泪水

我怎能没有常人的欲望

当我看到你温柔的目光

◎第七章　往生

可是我的生命已经被诅咒
如果有凡人的欲望
就要被诅咒到死亡
可是
我怎能对这人间不留恋
怎能不想流连于这人世间
这人间于你这般美好

我生来就是孤独
比那些喜欢梵高的人还要孤独
如果我有凡人的欲望
就要被诅咒到死亡
那些田间流淌着的
是我蓝色的欲望
和穿梭在吹过稻草缝隙的风之间的绝望

生命落幕
黑夜来临
只剩下漫无边际的黑夜
和孤独
等着我一个人前往

离别时终有一些话
和一些留恋

◎ 第七章 往生

没有说出口
还是不说了吧
反正一辈子也没有说出口

让我再看一眼这个世界
再看一眼这个有你的世界

这是个美丽的世界
可是它却折磨着你和我

我愿化作这满天的星星
每一个晴朗的晚上
讲一个故事给你听

谁能明白我
纵使在这人间来过
可是又有那么多的不舍

我跪在飞过野鸽子的蓝天下
祈求着生活给个机会
我跪在飞过野鸽子的蓝天下
祈求着你给个机会

在明年春天阳光和煦

春风化开冰雪的时候
我会在流水映照的明镜里
对着你笑

在我离去之前
可不可以抚摸一下你凝固的容颜
永远是那么好看
就像冬天冰冻的夜晚
在天堂
在地狱
在人间
也许
这一生终归是带着遗憾

我曾经拥有那么多的渴望
那么渴望用一生拥抱一个人
可是
我只能微笑着在远方
观望
观望这喧嚣的红尘
观望这人间那么多的美好

我总是感觉冷
所以想和你拥抱取暖

所以想把我所有的温暖给你

想温暖你

想你不受这人世间寒冷的侵蚀

想用我卑微平凡的一生

给你温暖

保护你

哪怕只有一念之间

你会想到我

想接受我卑微的怀抱

当某天

在我弥留之间

想到的还是你含羞的微笑

和靠近你的渴望

走了一生的路

还是没能走近你

当我就要闭上眼睛

想起的还是你的笑容

这个世界对我不宽容

轻轻一声叹息

早已注定了无言的结局

有些秘密

终究还是没有跟你提起

◎ 第七章 往生

当我在天堂的时候
还是会每天偷偷地看着你
目不转睛地为你着迷
看到你和喜欢的他在一起
生活得开心
会是我来生最快乐的事情
往生遥远
一个人前往

如果我可以重生
好想回到小时候
在阳光下的草丛里
拥抱你
金色的阳光下闪烁着的
是你的微笑

我不是坏人
只想好好爱一个人

如果能再活一天
我依然会爱着你

在我生命的最后一刻
多想把我所有的温柔给你

我爱你再见

你可知道
我会爱你到永久
直到这世界的尽头

滚滚红尘
一去不复返
再见了
这个世界
曾经如夏花般绚烂

我知道
不牵绊
是最好的结局

◎第七章 往生

长恨歌

那时的风穿过我锋利的肩胛骨
仿佛山风吹过的寒
那时你年轻的脸像花瓣
你我还不知道未来的凶险
那时的我们还没有把未来预见
那时的我们还不知道结局的决断
如今我即将离开
留你一个人在这人间
无人做伴
凝望你哭泣的眼
可是我也无以为然
人生路只能到这里做伴
半生团圆
穿过生与死
也算作今生无遗憾

如风（二）

瘦削的手指划过你的脸颊
我该怎样告诉你
我被禁忌的欲望
我的灵魂里有一个秘密
一旦被点破
就会降临灭亡
一切不过如风
如风虚幻
吹过你的发
吹乱你的发
吹散你的发
然后
一切就散场了

◎第七章 往生

阿兰

红　尘

那些约定一起翻过的山
终于是没有翻过
那些山无棱天地合的誓言
终究是成了怨言
如今我一个人离去
你的泪眼无语
滚滚红尘
越眷恋
越孤单
离去的时候怎么能不勇敢
红尘中牵过的手
怎能又走散
恨没有太早皈依
断了那些情缘孽缘
南国的天气和暖
你的泪眼
是否又湿了青衫

空 谷

一生的孤单
换临别贪恋你的残念
迷梦中和你的美满
香消花残
不该对这红尘的美丽多贪
我愿用一夜凄冷的寒
换亲手服下毒药的慢
换夜夜思念的肝肠寸断

◎第七章　往生

仙　境

生灵飞升的最后一刻
一切回到原点
空气中围绕着你的温暖
幻化成仙
在万物生长之前
在生灵被赋予生命之念
光阴之短
流水飞逝之间
我们回到生命原始的起点
重新生长
你不再嫌弃我的冷
我好好生长
还你柔软

待到一切烟消云散
和这个世界轻轻道一声晚安

冥　想

明天我将离开

穷尽一生等不到的爱

终于释怀

只愿你有一个人温柔相待

心中有一些对你的独白

待到睡梦中

会有人轻轻讲给你听

可以再和你说说话吗

关于没有我的未来

我知道

我永远渺小如尘埃

不足你挂在心怀

可是

一直以来

我最幸福的事情

就是为你慢慢计划将来

虽然你的未来里

永远不会有我存在

想象着未来的你有一座有明亮阳台和宽大落地窗的大房子
有一个爱你的温暖的男人
每天下班会有人戴上围裙为你做饭
天气冷的时候有一个调皮的孩子带来满屋的温暖

清 明

行色匆匆的旅人
雨水打湿了青苔
泪水打湿了你的伤怀
一去不复返的旅人
会有什么样的故乡忘怀
又有什么样的故事带来
弹一把带着斑痕的吉他
是什么样的故事总让你在哭泣中醒来
如果故人已不在
就请让窗外的风声把故事掩埋

亲爱的你不要悲哀
如果打扰到你
我一个人离开

◎第七章 往生

雨 声

雨声的夜晚
一个人对着窗上的烛影难挨
未来慢慢到来
雨声嘀嗒打在窗台
是你青春哭泣的悲哀
如果一切可以重来
结局会不会更改
一个人站在渡口
远行的船不会停摆

落 叶

直到窗外的树木落下黄叶
直到拉开窗帘
窗外换了季节
你温柔而疼痛的眼神
将我拥抱
直到所有拥抱的情境只能在梦中存在
直到最后我还是选择离开

◎第七章 往生

街角的拥抱

所有没有结果的等候
所有未竟的渴求
所有凝眉的低首
所有泪眼的挽留

童 年

童年的幸福
遥远又难忘
树下飘过的梨花香
是妈妈故事里的故乡
奈何长大后的生活
阳光照耀下
手心里的空荡荡

◎第七章 往生

仙境(二)

邈远的晚上
是曾消逝的时光
对你的幻想
是来生也不能实现的梦想
今天的晚上
你会怀着怎样的心情进入梦乡
如果还有来生的时光
我们还会不会相遇
相遇在一个倾泻银色月光的晚上
轻纱般曼妙的时光
你静静地将你流水般的故事诉说

归　隐

车马处
远人烟
飞鸟盘旋
悠然忘了归返
闲云起处
野鹤为伴
参一段禅语
断了尘缘

◎第七章　往生

阿兰

飞 机

灰色的飞机
带我从这里飞离
一支灰色的铅笔
画下惨烈的夕阳
橘红色的霞光里
你犹豫的眼睛
是眼神的游离
纵身一跃
我的身体开始破碎
融进无边的灰色天空里

坟　墓

夏天是个恋爱的季节
可是我的心在十几年前就死了
如果人生的尽头是一座坟墓
我在遇见你的那一刻就死了

埋葬在你明亮的眼眸里
就是幸福
如果说还有什么感触
是关于你的穷尽一生的孤独

◎第七章　往生

阿兰

送 别

如果我哪天不回来了
不要害怕
不要牵挂
我只是去了另外一个世界
一切会重新来过
一切会安好
鸟儿会鸣叫
清晨的光会照耀着我
那么多的光
那么多的温暖
生命的美好不会抛下我在角落
不会遮住我明亮的渴望的眼睛
我会照顾好自己
没有那么多的冷漠
没有那么多的人把我当作坏人
没有那么多的人嫌弃我的冷漠
就这样吧
在红尘的人
安好

少年（二）

已经盛开过
凋落又如何
如此年轻
如此美好
停留在美好的时刻
我爱这世界
可是她注定不属于我

◎第七章 往生

最后的告别

既然到了要离开的时候
那就不挽留
当我来到天堂的时候
我知道有你在等候

因为在梦中可以握着你的手
所以我选择不醒来

你是一片光荣的叶子
落在我卑贱的心

如果人生注定风雨
就让我一个人走进寒风

无 题

所有的相遇
都是为了最后一次的别离

◎第七章 往生

▶ 第八章　眼泪 ◀

有些事情终会遗忘

眼泪

寒冷的风,树叶盘旋而下,扎痛我的心。在这个寒冷的北方小城,每一年的冬天,每一个孤独的夜晚,我都感觉要撑不过去了。今年终于要离开了,推迟了这么久,再也没有寒冷的过不去的冬天,没有人们冷漠的眼神,也曾努力留下,终于,还是逃不过这个结果。

这些年你辗转在南方的艳阳里,从×城,×城,到×城,你不知道,每当你换一个城市,我的眼神都悄悄地跟随着你。想要说喜欢你,想要照顾你,最终还是没有勇气靠近你身边。想要说你是我的一切,我什么都不想要,除了你。想要说有你在身边,就拥有了一切,可还是没有勇气。这些年到过很多城市,做过很多勇敢的事情,就是没有勇气说喜欢你。每当站在你的眼神里,我的懦弱无处可逃。

多想告诉你,你就是我的一切。

▶ 后 记 ◀

爱你我不后悔
也尊重故事的结尾